Neo Atlantis
Neunkircherstraße 54
66583 Spiesen-Elversberg
Tel. 06821 8690-355
Fax 06821 8690-832
E-Mail: verlag@neo-atlantis.de
Besuchen Sie uns im Internet unter:
www.neo-atlantis.de

©2011 Neo Atlantis Limited
Deutsche Erstausgabe Oktober 2011
Satz, Umschlaggestaltung: Stefan Sicurella
Gedruckt in Deutschland
ISBN: 978-3-940930-29-3

 **Birgit Lotz**

Lea existiert

Als Autorin möchte ich dir dieses Buch gerne zum Geschenk machen. Wenn es dir gefällt, oder dich manche Zeilen gar berühren, freue ich mich. Vielleicht hast du ja auch Lust, es nach dem Lesen weiter zu verschenken.

Alles Gute für dich,

Edition Philosophischer Geist

Inhalt

Vorwort, oder was du unbedingt wissen musst 7

Wie alles anfing 10

Lea und der Schmetterling 12

Lea und das Ameisenvolk 14

Lea und die Sonnenblume 16

Lea und der Dichter 19

Lea und der Fisch 24

Lea und die Buche 27

Lea als Sängerin 29

Lea als Tänzerin 31

Lea im Herbst 33

Lea entdeckt das Nichts 35

Lea als Schriftstellerin 38

Lea betritt die andere Welt 41

Lea in der anderen Welt 46

Lea kehrt zurück 51

Lea ist angekommen 55

Über die Autorin

Birgit Lotz wurde 1961 in einem kleinen hessischen Ort geboren. Dort kam auch ihre Tochter zur Welt, die inzwischen erwachsen ist. Die Autorin war, bis sie ihre Aufmerksamkeit auf das Schreiben gerichtet hat, als Erzieherin tätig.

Ihr Anliegen war und ist es immer noch, den Menschen von Beginn an in seinen Bedürfnissen, Träumen und Visionen ernst zu nehmen.

Sie möchte mit ihren Texten dazu beitragen, dass der Leser in Eigenverantwortung zu einem Weg findet, auf dem er erkennen darf wer er ist und was ihn ausmacht. So lange, bis er sagen kann: „Das bin ich. Das ist mir wichtig."

Sie ist der festen Überzeugung, dass die Entfaltung des eigenen Potenzials in den Kinderschuhen beginnt. Sie möchte durch ihre Texte Hoffnung schenken. Hoffnung auf ein Leben in gegenseitiger Wertschätzung und Akzeptanz des Anderen, der verschiedenen Wünsche, Prioritäten und Lebensbilder.

Seit ihrer Kindheit hat sie den Gedanken der Möglichkeit eines friedlichen Zusammenlebens in sich getragen. Im späteren Dialog mit spirituellen Themen hat sie die ehrliche Auseinandersetzung mit sich gesucht. Während dieser Zeit hat sie das Schreiben wieder für sich entdeckt, was schon von Kind an ein großer Teil ihres persönlichen Ausdrucks war. Während ihre Werke entstanden sind, hat sie immer mehr zu dem Menschen gefunden, der sie jetzt ist. Heute lebt sie in bewusster Achtsamkeit und investiert einen großen Teil ihrer Zeit ins Schreiben.

Mit ihren Texten möchte sie dazu beitragen, dass der Leser das Licht in sich entdeckt und zu dem Glauben zurückfindet, dass er selbst es ist, der in der Lage ist seinem Leben eine positive Wende zu geben, um das in sich zu entdecken und zu leben, was ihn ausmacht.

Vorwort, oder was du unbedingt wissen musst

Du hast genau zu diesem Buch gegriffen. Nun ist es zu spät. Es gibt kein Zurück mehr. Der erste Schritt ist getan. Alles beginnt mit dem ersten Schritt.

Dieses Buch erzählt von einer Reise zum Selbst. Von den Erlebnissen, der Verzweiflung, der Hoffnung, der Traurigkeit, von Glücksmomenten, vom Vertrauen, vom Glauben. Es erzählt von der Liebe und von der Sehnsucht nach dem Licht, das uns allen innewohnt. Es versucht die Fragen: „Wer bin ich?", und „Was will ich?", zu beantworten. Es will die Hoffnung auf eine bessere Welt aufrechterhalten.

Mir liegt daran, dass du erkennst, dass du es bist, der dein Leben gestaltet. Und dass du daran glaubst, dass es dir gelingt. Dass du weißt, wer du bist, was du kannst und wohin du möchtest. Ich möchte dir auch zu verstehen geben, dass es immer wieder einen neuen Anfang und eine neue Chance für dich gibt. Ich möchte dir Mut machen der Mensch zu sein, der du gerade in diesem Augenblick bereit bist zu sein. Ich wünsche mir, dass du an dich glaubst.

Immer wieder.

Darum lade ich dich aus tiefstem Herzen dazu ein, mich auf meiner Reise mit Lea zu begleiten. So wird sie auch zu deiner Reise.

Mit der Entscheidung dieses Buch zu lesen, hast du dich mit mir verbunden, und mit Lea. Dafür möchte ich dir Danke sagen und gebe dein Interesse an mir an dich zurück. Es spielt keine Rolle, ob wir uns persönlich kennen, denn in diesem Buch geht es um Lea. Auch um dich und mich, aber die Hauptperson ist Lea, und sie wird es auch bleiben.

Du darfst dich nun entscheiden, ob du dich auf Lea einlassen möchtest.

LEA
wie Liebe,
Erwartung und
Auf den Weg machen.

LEA
wie Leben
Empfindung,
Achtsamkeit.

Was hältst du von
Lachen, Empfangen, Atmen?

LEA
wie Lust,
Einfallsreichtum, Aufbruch.

LEA.
Einfach Lea.
Von nun an existiert Lea für dich.

Lea existiert.

Wie alles anfing

An einem Tag im Frühling, als die Sonne sich wieder zeigte und die Vögel durch ihren Gesang die ganze Aufmerksamkeit auf sich zogen, hat alles angefangen.

Die Farben wurden deutlicher, das Grün intensiver, der Himmel blauer, das Wasser der Flüsse lebendiger, und das Weiß des Winters verblasste in der Erinnerung. An solch einem Tag wurde Lea geboren.

Es hätte mich nicht verwundert, wenn sie davon geflogen wäre, weil sie geglaubt hätte, ein Vogel zu sein. Es hätte mich auch nicht gewundert, wenn sie in den nächsten Fluss gesprungen wäre, weil sie davon überzeugt war, ein Fisch zu sein, und in dieses Element zu gehören.

Ich hätte es auch hingenommen, wenn sie sich mitten auf die Wiese gestellt hätte, in der Gewissheit eine Blume zu sein. Und hätte sie, bepackt mit Pinseln und Farbe, alles um sich herum angemalt, in dem Glauben, dass es als Malerin ihr Auftrag sei, ich hätte ihr dabei geholfen, ohne den geringsten Zweifel.

Zu der Zeit, als Lea geboren wurde, gab es nur sie und mich. Ich war einfach da. Lea war so interessant für mich, dass meine ganze Aufmerksamkeit nur ihr galt.

Darum kann ich dir auch nicht sagen, wer ich war oder bin.

Das ist hierbei auch nicht von Bedeutung, denn es ist und wird immer nur um Lea gehen. So wie sie war, wie sie ist und wie sie sein wird. Besser gesagt, wie ich sie gesehen habe, wie ich sie sehe und wie ich sie sehen werde. Lea ist so, wie ich von ihr glaube, dass sie ist. Lea ist. Das ist sicher, daran glaube ich.

Es gab also nur Lea und mich. Sie hat mich nie gesehen, und doch spürte ich, dass sie von meiner Existenz wusste.

Sie war mir so nahe, dass ich manchmal glaubte, sie in mir zu tragen.

Darum habe ich das Bedürfnis, ihr den Weg frei zu halten, damit sie die sein kann, die sie glaubt zu sein. Gleichzeitig möchte ich sie beschützen. Ich habe Angst, dass sie verletzt wird, dass man ihren Glauben zerstört. Dass man ihre Illusionen kaputt macht, und man sie der Lüge beschuldigt. Dass man ihr verwehrt, an sich zu glauben und somit ihre Existenz in Frage stellt.

Ich habe Angst, dass Lea vergisst, dass es sie gibt. Wenn es Lea nicht mehr gibt, werde auch ich nicht mehr sein. Auch davor habe ich Angst.

Ohne Lea geht es also nicht. Davon bin ich überzeugt. Darum erzähle ich dir das alles. Weil ich mir wünsche, dass du an sie glaubst. Sie soll auch zu deiner Wahrheit werden. Auch du sollst sie sehen. Und du sollst anderen von ihr erzählen. Du musst die anderen davon überzeugen, dass es sie gibt.

Ich bitte dich darum, mir zu helfen, ihre Existenz zu erhalten.

Lea und der Schmetterling

Mit diesen Zeilen beginnt das Abenteuer. Das Leben der Lea.

„Nimm mich mit auf deine Reise. Warte, ich breite meine Flügel aus. Siehst du. Ich kann fliegen. Nicht so hoch, aber weit und schnell. Ich schaffe es. Wie wunderbar. Alles ist leicht, so unendlich leicht. Der Wind, er trägt mich fort. Bleib bei mir. Folge mir. Du schaffst es auch. Du kommst überall hin. Ich fliege."

Der Schmetterling setzte sich auf einen Strauch und wunderte sich über das kleine Etwas, das wie wild über die Wiese fegte, mit ausgebreiteten Armen und hochrotem Kopf. „Wer bist du?", rief er dem kleinen Wesen zu.

„Ein, Schmetterling, siehst du das nicht? Wer glaubst du, sollte ich sonst sein? Nur ein Schmetterling kann sich so bewegen. Das musst du doch am besten wissen."

„Darf ich mich zu dir setzen?", fragte Lea. Der Schmetterling antwortete ihr: „Komm herauf du kleiner Wildfang, aber gib Acht, dass du nicht stürzt."

Lea machte ein paar Flugversuche und schien ein wenig traurig, als sie sagte: „Ich bin schon so lang unterwegs und ein wenig müde. Willst du nicht lieber zu mir nach unten kommen?"

„Kein Problem", rief der Schmetterling und setzte sanft zur Landung an. Direkt auf Leas Schulter.

Anschließend fragte er sie: „Wer bist du, und wo kommst du her?"

„Ich heiße Lea und komme direkt von dieser schönen Wiese. Außerdem bin ich traurig, weil der Weg zu dir auf diesen Baum so schwer scheint. Obwohl wir beide Schmetterlinge sind, konnte ich nicht zu dir kommen. Nicht zu dir fliegen zu können tut weh, da muss ich doch traurig werden."

Der Schmetterling sah Lea an und streichelte ihr mit dem Flügel über ihre Wange.

„Mein Kopf tut so weh vor lauter Traurigkeit, und jetzt muss ich auch noch weinen."

„Sei ruhig traurig", sprach der Schmetterling. „Ich bleibe so lange bei dir, bis du irgendwann wieder anfängst zu lachen." Dabei hörte er nicht auf, ihre Wange zu streicheln. „Mit jedem Flügelschlag atme ich deine Traurigkeit ein. Mit jedem Ausatmen schenke ich dir etwas von meiner Leichtigkeit."

So ging das eine ganze Weile hin und her. Einatmen, ausatmen. Traurigkeit, Leichtigkeit. Am Ende war es wohl nur noch Leichtigkeit, denn auf einmal fing Lea an zu lachen. Zuerst Lea, dann der Schmetterling. Lea rollte sich auf der Wiese hin und her und der Schmetterling tanzte um sie herum.

„Danke!", rief Lea. „Danke, dass du mir so ein großes Geheimnis verraten hast." „Welches Geheimnis?", fragte der Schmetterling? „Das Geheimnis des Atmens", antwortete sie. „Es besteht aus einem Kommen und Gehen. So wie die Traurigkeit und die Leichtigkeit. Immer ein Anfang und ein Ende. Und trotzdem rund. Wie ein Kreis. Wie du und ich. Ein Geben und ein Nehmen. Alles kommt und alles geht. Daraus entsteht etwas Neues. Wie unser Tanz. Jetzt drehen wir uns auch im Kreis."

Irgendwann hatte sich auch dieser Kreis geschlossen. Etwas ist zu Ende gegangen, und etwas Neues hat angefangen.

Es war der Schlaf von Lea und dem Schmetterling. Das Ganze hatte mitten auf der Wiese stattgefunden.

So hat das Leben von Lea begonnen, und es ging immer weiter.

Immer nach Vorne.

Lea und das Ameisenvolk

Nach einer Zeit des Schlafens erwachte Lea. Sie wurde von der Morgensonne wach geküsst. Um sie herum tummelte sich eine ganze Gruppe eifriger Ameisen. Jede hatte etwas zu tun. Keine war der anderen im Weg. Sie grüßten sich freundlich während ihres Tuns und blieben dann wieder mit ihrer Aufmerksamkeit bei der Arbeit.

Lea schaute dem Treiben eine ganze Weile zu und erhob sich schließlich.

„Wer seid ihr denn?", fragte sie neugierig. „Wir sind das Volk der Ameisen, und gerade dabei unser Reich zu erschaffen. Und wer bist du, kleiner Fratz?" „Ich bin ein Schmetterling und komme von dieser schönen Wiese." Lea sah an sich herunter, bevor sie weiter sprach. „Manchmal bin ich so traurig, dass ich weinen muss, und ein anderes Mal fühle ich mich so leicht, dass ich immer tanzen möchte. Am liebsten mit meinem Freund dem Schmetterling. Wo ist er?"

„Er hatte Sehnsucht nach seinen Artgenossen", antwortete eine ältere Ameisendame. „Er hat die Ferne gerochen. Wenn du ganz still wirst, kannst du vielleicht noch seinen Flügelschlag hören."

„Hat er mich nicht mitgenommen, weil meine Flügel so schwer sind und ich nicht so hoch fliegen kann?", fragte Lea leise. Dabei liefen ihr ein paar Tränen über die Wange.

„Er ist ohne dich geflogen, weil er weiß, dass du mehr zu tun vermagst, als er es kann. Mit ihm an deiner Seite würdest du nie mehr über dich erfahren. Darum hat er dich verlassen. Immer, wenn du denkst, der Weg geht nicht weiter, wirst du dich nun an deine Flügel erinnern." So sprach die Ameisendame zu Lea und setzte schwer beladen ihren Weg fort.

Lea dachte noch eine Weile an den Schmetterling und fing dann an es den Ameisen nachzumachen. Sie trug die schweren Äste alle zu einem Haufen zusammen. Anschließend hob sie die großen Steine auf, und häufte sie zu einem Berg auf. Das kostete sie all ihre Kraft. Trotzdem hörte sie nicht auf, denn sie konnte bei den Ameisen sehen, welche Kraft ihnen innewohnte. So glaubte sie fest daran es zu schaffen, alle Hindernisse aus dem Weg zu räumen.

Und glaube mir. Sie hat es geschafft. Jedes Kind glaubt, dass es schafft, was es sich vorgenommen hat, und dass es der oder die ist, die es sein möchte. So war es auch bei Lea.

Bevor sie sich erschöpft zur Ruhe legte, sagte sie mit einem Lächeln auf den Lippen: „Ich bin eine Ameise, stark und immer bestrebt meine ganze Kraft einzusetzen. Auch wenn es schwer ist. Stück für Stück, immer weiter. Um mich ist ein ganzes Volk versammelt. Eine Ameise ist niemals alleine. Keine Ameise baut den Ameisenhaufen alleine. Auch wenn jede schwer zu tragen hat. Es geht nur gemeinsam. Das gefällt mir, und deswegen bin ich gerne eine Ameise." Jetzt überlegte sie eine Weile, bevor ihrer Frage eine Antwort folgte.

„Und, wenn mir alles zu schwer wird? Dann bin ich eben wieder ein Schmetterling. Ganz einfach." Mit diesem Gedanken schlief Lea erschöpft ein. Im Traum sah sie, wie ihr der Schmetterling zulächelte, und sie spürte die zärtliche Berührung seiner Flügel.

Lea und die Sonnenblume

„Aufwachen, du kleiner Dreckspatz! An einem so herrlichen Morgen die Sonne verschlafen! Das gibt es bei uns nicht! Steh auf und recke dich!"

Wer bist du?", fragte Lea? „Bist du ein Kind der Sonne?"

„Das könnte ich auch dich fragen, so wie du hier auf der Wiese liegst und den Morgen verschläfst", sprach die Sonnenblume. „Ich bin eine Blume, die den Namen der Sonne trägt. Ich tue nichts als zu wachsen, um meinem Namen alle Ehre zu machen. Ich neige mein Gesicht immer der Sonne zu, bis ich irgendwann so viel Wärme und Licht in mir trage, dass ich mich in meiner schönsten Gestalt zeigen darf. Dabei überrage ich viele meiner Artgenossen. So kann ich weit nach vorne schauen. Immer der Sonne entgegen. Immer dem Licht zugewandt. Von den Schattenseiten haben mir nur andere erzählt. Ich konnte sie noch nie sehen."

„Was machst du, wenn die Sonne nicht scheint?", fragte Lea? „Dann verschließe ich mich. Ich will nicht sehen, was außerhalb der Wärme ist. Ich bin nicht auf dieser Welt um die Schatten zu sehen. Ich bin eine Sonnenblume. Meine Aufgabe ist es, die Schatten hinter mir zu lassen. Ich brauche Raum um mich auszubreiten, und die Vögel des Himmels, die nach meiner Nahrung verlangen.

Nun gut, ich will gestehen, auch die Bewunderer, die an mir vorüberziehen und mir ihre Aufmerksamkeit zukommen lassen, will ich nicht als unbedeutend für mich betrachten. Ich fühle mich durch sie geehrt und sie lassen mich noch aufrechter stehen. Doch die Vögel sind es, die mich wissen lassen, dass ich gebraucht werde. Für sie halte ich die Stellung. Auch für sie achte ich darauf, dass ich wachse und in meiner ganzen Größe erstrahle. Denn wenn der Herbst und der Winter kommen, werde ich ihnen Nahrung sein.

Einige meiner Samen überleben die Dunkelheit und dürfen mit dem nächsten Frühling die Sonne wieder begrüßen. Ein Kreislauf aus Kommen und Gehen. Dunkelheit und Licht. Ich bin glücklich eine Sonnenblume zu sein. Doch jetzt zurück zu dir", sprach die Sonnenblume. „Erzähle mir, wer du bist."

„Eine Ameise. Ich bin eine Ameise. Sieh her, diese beiden Haufen, die schweren Steine, die langen Äste. All das habe ich zusammengetragen. Und dort wohnt meine Familie. In diesem Hügel. Nur heute, heute war wohl kein Platz mehr für mich. Deswegen habe ich hier draußen unter dem Baum geschlafen." Lea überlegte eine Weile, bevor sie voller Überzeugung sprach: „Ich bin eine Ameise. Stark und voller Kraft, obwohl ich klein bin. Und wenn ich müde werde, kann ich sogar ein Schmetterling sein. Dann wird alles ganz einfach. Außerdem heiße ich Lea."

Die Sonnenblume schaute Lea eine Weile an und sagte dann Folgendes zu ihr: „Weißt du Lea. Du warst wahrscheinlich zu groß für diesen Ameisenhaufen. Dort wärst du erstickt, und davor wollte dich das Volk der Ameisen bewahren. Sie haben erkannt, dass du deine wahre Größe noch lange nicht erreicht hast. Deswegen haben sie dir die Freiheit geschenkt. Statt so schwer tragen zu müssen, wollten sie, dass du wie ich dein Gesicht der Sonne entgegen streckst."

„Dann bin ich also eine Sonnenblume", stellte Lea voller Erstaunen und Ehrfurcht fest. „So wird es sein", gab ihr die Sonnenblume zur Antwort. „Deine Aufgabe ist es, ab jetzt zu wachsen. Außerdem wirst du dein Gesicht nur noch der Sonne zuwenden. Alles andere existiert für dich von diesem Moment an nicht mehr. Lass dich bewundern und wachse. Werde groß und strahle. Erfreue jeden, der an dir vorübergeht. Glaube daran, dass es dich immer geben wird. Auch wenn alles um dich herum dunkel ist. Mit dem nächsten Frühling wird alles von Neuem beginnen. Gib gerne von dem, was du hast, denn mit der Bereitschaft eine Sonnenblume zu sein, hast du eine Aufgabe übernommen. Wer eine Aufgabe übernommen hat, übernimmt auch automatisch die Verantwortung für das, was er ist und tut."

„Ich bin gerne eine Sonnenblume. Es gefällt mir, eine Sonnenblume zu sein", sagte Lea. „Einfach nur wachsen, mir meinen Raum nehmen und ins Licht schauen. Den Vögeln zusehen, und die Wege sehen. Bewundert zu werden, nur weil ich da bin, und Nahrung zu sein, wenn ich für eine Weile gehe. Zu wissen, dass das Licht immer wieder kommt, ist ein gutes Gefühl. Aber jetzt", fuhr Lea fort, „will ich wachsen. Ich will mich recken und strecken und meine Arme ausbreiten. Dabei werde ich meine Wurzeln tief in die Erde graben, und mich freuen, dass die Sonne lacht."

So hat es Lea dann auch gemacht. Dir ihre Erlebnisse als Sonnenblume zu erzählen, würde zu ausschweifend werden, und du würdest das Buch vielleicht zur Seite legen. Das möchte ich auf keinen Fall. Ich mache dir einen Vorschlag. Nimm das schönste Buch, das du finden kannst. Die Seiten müssen natürlich leer sein, und schreibe deine eigene Geschichte als Sonnenblume auf.

Ich erinnere dich daran, dabei nur nach vorne zu schauen.

Begrenze dich dabei nicht, denn deine Fantasie kennt keine Grenzen. Glaube an deine Wünsche und Träume, denn sie können zu deiner Wirklichkeit werden.

Lea und der Dichter

Inzwischen wurde es Herbst. Wie es nach jeder Blütezeit geschieht, folgt die Zeit des Welkens. Um Lea herum wurde es immer trister. Das Gelb verschwand und übrig blieben viele Stiele, deren Blätter herunterhingen. Von dem Gelb blieb nur ein rundes, braunes Etwas übrig.

Lea konnte nicht wissen, dass jedes dieser so trostlos erscheinenden Gebilde hunderte neuer Sonnenblumen hervor bringen konnte, und gleichzeitig als Nahrung für viele Vögel dient.

Während sie zutiefst traurig über ihren baldigen Niedergang nachsann, lief ein junger Bursche über die Wiese. Er trug einen Stift und ein Notizbuch in der Hand, hatte lockige braune Haare, einen weiten Mantel, darunter ein gelbes Hemd und eine Hose mit Karomuster.

Er wirkte wie ein Bruder des Windes, so geschmeidig und leicht bewegte er sich über die Wiese. Inspiriert von dem was er sah und fühlte, verfasste er folgendes Gedicht:

„So wie der Grashalm sanft sich vor mir verneigt,
und der Wind mir seine Melodien zuflüstert.
So will ich euch zu Ehren den Herbst begrüßen,
mit all seiner Schönheit.
Nur er vermag es die süßen Früchte hervor zu bringen.
Er ist es, der den Tag verabschiedet
und die Nacht willkommen heißt.
Er weiß um die Endlichkeit und den ewigen Wandel.
Nichts bleibt für immer.

Alles ist Veränderung.
Wie das Leben mit seinen Jahreszeiten.
Jede vermag sich auszudrücken
auf ihre Art und Weise.
Die Schönheit eines jeden Abschnitts
lässt mein Herz vor Freude springen.
Ohne euch wäre ich ein Nichts.
Mit euch bin ich alles.
So will ich niederschreiben, was mich bewegt,
denn ich bin ein Dichter,
der von euch inspiriert
seine Erfüllung gefunden hat."

Während er diese Zeilen niederschrieb, saß er mitten auf der Wiese. Es machte den Anschein, als würde er bis in den Himmel sehen können.

Lea blieb wie angewurzelt und mit offenem Mund stehen. So schöne Worte hatte sie zuvor noch nie vernommen. Sie räusperte sich ein paar Mal und fragte dann etwas verlegen: „Wer bist du und was hat dich hierher geführt?"

„Ich bin ein Dichter. Es hat mich danach gedrängt, Papier und Bleistift in die Hand zu nehmen. Ich liebe es, die Welt zu beobachten und von ihr zu erzählen. Dabei wird mein Herz ganz weit und füllt sich mit Liebe auf."

Mit diesen Worten antwortete der Dichter Lea und sah sie dabei an. Anschließend fragte er sie: „Aber sag mir lieber, wer bist du? Du stehst fast so fest auf diesem Stück Erde wie deine Nachbarn, die Sonnenblumen."

„Ich bin eine Sonnenblume!", erzürnte sich Lea. „Siehst du nicht, dass ich meine gelben Blätter verloren habe? Hast du nicht bemerkt, dass ich Trauer trage? Ich heiße Lea und war eine wunderschöne Sonnenblume. Nun scheint meine Zeit vorüber zu sein. Wie gerne wäre ich ein Dichter so wie du, dann könnte ich alles auf einem Papier festhalten."

Da nahm der junge Bursche einen kleinen Spiegel aus der Tasche.

Jeder Dichter trägt wohl ein Stück Eitelkeit in sich, sonst könnte er sicherlich auch nicht so hoch und so weit schauen.

Er reichte Lea den Spiegel und sprach: „Sieh in diesen Spiegel, Lea. Du bist eine Dichterin. Du sagst, du willst eine Dichterin sein, also bist du es auch."

Er riss ein paar Blätter aus seinem Buch, brach den Bleistift in der Mitte entzwei und überreichte alles Lea. Lea bekam einen hochroten Kopf. Ihre Augen strahlten.

Anschließend fassten sich die beiden an den Händen und liefen, den Wind im Rücken über die Wiese.

„Es ist herrlich eine Dichterin zu sein!", rief Lea. Sie warf sich auf den Boden, nahm Zettel und Bleistift in die Hand und verfasste ihr erstes Werk.

„Als Schmetterling
kam meine Seele auf diese Welt.
Mit Flügeln beschenkt
durfte ich mit meinesgleichen
auf der Wiese tanzen.
Später erfuhr ich als Ameise
die Kraft der Gemeinschaft
und die Vorteile des emsigen Strebens.
Zur Sonnenblume durfte ich mich verwandeln
und meine Schönheit zum Ausdruck bringen.
Heute habe ich erfahren,
wie die Dichtkunst mein Herz berührt.
So will ich mich denn wandeln
und mein Dasein als Dichterin annehmen.
Nicht vergessend,
dass es der Schönheit um mich herum bedarf,
um meine Kunst auszuüben."

Diese Zeilen las sie dem jungen Burschen vor, der sich anschließend vor ihr verneigte.

Doch wie es mit so vielen Dichtern ist, hielt es ihn nicht ewig auf der Wiese. Seine Augen blickten in die Ferne. Er brauchte neue Eindrücke, um sein Buch mit Poesie zu füllen.

Lea allerdings schmerzte der Kopf vom vielen Nachdenken. Die Hand tat ihr weh, und sie spürte, wie ihr Dichterdasein zu Ende ging.

„Ich bleibe auf ewig ein Dichter, Lea", sprach der junge Bursche, „aber du wirst, sobald ich diese Wiese verlasse, eine andere sein. Es gibt niemals ein Zurück." Als er sich verabschiedete, liefen Lea ein paar Tränen über die Wange.

Sie legte Papier und Bleistift neben sich und schlief ein.

Lea und der Fisch

Lea musste lange geschlafen haben. Die Mittagssonne schien am Himmel und ihr war fürchterlich warm. Sie rieb sich die Augen, streckte sich ein paar Mal und sprang kopfüber in den Bach.

Lea fühlte sich ausgesprochen wohl in dem kühlen Nass und planschte vergnügt, auf dem Rücken liegend, mit dem Gesicht zur Sonne, im Wasser.

Mit ein wenig Wehmut dachte sie an ihren Freund, den Dichter, und wie schön es war ihre Gedanken auf Papier zu bringen. Sie war dankbar, eine Zeit lang das Leben einer Dichterin gelebt zu haben und wollte alles, was sie erlebt hatte in ihrem Herzen bewahren. In diese Gedanken versunken, berührte sie plötzlich etwas am Fuß.

„Wer bist du? So ein großer Gefährte ist mir in diesem Gewässer noch nie begegnet. Bist du gefährlich? Ich hab keine Angst vor dir. Schau mich an. Ich bin zwar klein, aber so schnell wie ein Fisch im Wasser."

So sprach der kleine bunte Fisch und schwamm wie ein Karussell immer um Lea herum.

„Ich heiße Lea. Ich war eine Dichterin. Das viele Nachdenken hat mich aber müde gemacht. Deswegen bin ich ins Wasser gesprungen. Jetzt bin ich wieder munter und kann mit dir um die Wette schwimmen."

„Dann versuch das mal", rief der kleine Fisch und war verschwunden.

„Wo bist du?", rief Lea. „So schnell bin ich nicht." „Siehst du", sprach der kleine Fisch und schwamm genau unter Leas Nase, genau deswegen schwimmen wir Fische auch nicht um die Wette. Bei uns hat jeder eine andere Geschwindigkeit. Wenn wir ständig darauf achten müssten, dass jeder den anderen einholt, oder sogar überholt – ach Lea – dann würde ja niemand von uns seine eigene Geschwindigkeit kennen."

Lea drehte sich auf den Rücken, ließ sich treiben und dachte eine Weile nach.

Auf einmal hörte man ein lautes Planschen. Dieses Planschen wurde dadurch verursacht, dass Lea mit ihren Händen nach vorne auf die Wasseroberfläche schlug und „ich hab's!" rief.

„Bei euch Fischen gibt es wohl keine Zeit, damit niemand schneller oder langsamer als der andere ist. Folglich gibt es auch kein schnell oder langsam. Jeder schwimmt so, wie er denkt, dass es richtig für ihn ist. Das ist eine gute Erfindung. So achtet man nur auf sich, und überlegt sich gut wohin, wann und mit wem man gemeinsam schwimmen möchte. So kann auch ich viel besser auf die Dinge um mich herum achten. Ich habe Zeit alles zu beobachten, und erkenne alles viel besser."

Nun legte sie sich auf den Bauch, hielt die Luft an, senkte ihr Gesicht ins Wasser, und drehte sich langsam, mit ausgebreiteten Armen auf der Wasseroberfläche.

„Was tust du jetzt", fragte der kleine Fisch? „Ich sehe mich um. Ich lerne dein Zuhause kennen. Hier gibt es viel zu entdecken. Und du? Möchtest du nicht weiter schwimmen?" „Nein", antwortete der kleine Fisch. „Es gefällt mir, hier mit dir zusammen im Wasser zu sein." Lea wurde ein wenig rot, während sie dem kleinen Fisch antwortete: „Mir gefällt es auch, wenn dich interessiert, was ich dir erzähle", antwortete sie ihm.

„Manchmal haben wohl auch Fische die gleiche Zeit. Dann hören sie sich gegenseitig zu, und jeder erfährt etwas von dem anderen. Das finde ich schön. In solch einem Moment wäre ich auch gerne ein Fisch."

„Lea", sprach da der kleine Fisch. Wenn du, die so viel über das Wesen der Fische erzählen kann, kein Fisch bist, wer sollte dann ein Fisch sein?"

Nun brauche ich dir nicht zu erzählen, wer Lea von diesem Augenblick an war. Du wirst sicher auch nicht daran zweifeln, dass sie in diesem Gewässer der größte Fisch war.

Von diesem Tag an ließ sie sich tragen und verspürte dabei eine große Leichtigkeit. Die Bewohner des Wassers nannten sie Lea Fisch. Durch ihre Größe fiel sie natürlich auf und war schnell bekannt. Lea lernte bei den Fischen ihre eigene Geschwindigkeit kennen. Das machte sie achtsamer für das, was um sie herum geschah. Sie erfuhr so viel über sich selbst.

Es war Winter, als Lea erkannte, dass sie, im Gegensatz zu den anderen Fischen, die Luft zum Atmen brauchte. Diesmal war sie es, die ihre Gefährten verließ.

Die Wasseroberfläche begann eine Eisschicht zu bilden. In dem Gewässer breitete sich eine große Traurigkeit aus. Ich möchte dir diese Traurigkeit nicht beschreiben. Es ist Leas Traurigkeit. Sie stieg aus dem Wasser, triefend nass, mit hängenden Schultern.

So geht alles einmal zu Ende. Auch das Leben der Lea als Fisch. Doch wo ein Ende ist, ist auch ein Anfang.

Lea und die Buche

Triefend nass musste Lea feststellen, dass es für sie wohl nicht vorgesehen war, den Rest ihres Lebens als Fisch zu verbringen. Da sie diese Erfahrung nun schon kannte, schüttelte sie sich, ähnlich wie es eine nasse Katze tut, aus und schaute sich um.

Sie war geblendet. Alles um sie herum erstrahlte in einem reinen Weiß. Das Grün der Blätter, die bunten Farben der Blumen, nichts mehr von alledem war zu sehen. Einzig und allein der blaue Himmel und das Braun der knorrigen alten Buche, die da stand, als hätte sie nur auf Lea gewartet, gaben ihr noch ein wenig Sicherheit.

Lea spürte die Kälte des Winters. Sie hielt die Arme verschränkt vor sich, hüpfte und drehte sich dabei im Kreis, damit ihr etwas wärmer wurde.

Dann ging sie zur Buche und umarmte sie freudig. „Kannst du dich an mich erinnern? Ich bin Lea. Eigentlich Lea Fisch. Das kommt mir jetzt jedoch selbst seltsam vor." Sie schaute an sich herunter, als sie das sagte.

Man konnte ein leichtes Knarren vernehmen, als die alte Buche anfing zu antworten. „Es ist schön dich wieder zu sehen, Lea. Du hast mich immer unterhalten, wenn du auf dieser Wiese warst, und es ist nie ein Gefühl der Langeweile entstanden.

Als Sonnenblume hast du mich jedes Mal zum Lachen gebracht. Meine ganze Aufmerksamkeit galt dir in der Gestalt der Ameise. Dein emsiges Treiben hat mich abgelenkt von den Schmerzen des Alters. In deiner Zeit als Schmetterling wurde mir durch deine Leichtigkeit ganz warm ums Herz. Als Dichterin hat das Staunen für mich kein Ende genommen. Noch nie hatte meine Krone so viele Besucher. Du hast aus dieser Wiese ein Theater gemacht.

Ich kann nicht ins Wasser sehen. Jedoch hat mir die Wasseroberfläche verraten, dass auch die Stille Bewegung in sich birgt."

Lea hatte während des Zuhörens das Gefühl, als sei sie angekommen. Die Worte der alten Buche ließen es warm in ihr werden.

Sie schaute zur ihr und fragte: „Sag, wer bin ich jetzt?" Die Buche knarrte wieder ein wenig, bevor sie Lea eine Antwort gab. „Wer sollst du schon sein? Lea natürlich! Hast du das etwa vergessen?"

Jetzt knarrte es schon ganz schön gewaltig in der alten Buche. „Hat das Wasser etwa alle Erinnerung von dir gewaschen? Sieh dich an, du kleiner Knirps, und denke nach. Du kannst alles sein. Du hast es doch selbst erlebt. Warum stellst du mir dann solch eine Frage?"

Jetzt wurde die alte Buche immer wütender. Ich weiß nicht, ob es die Wut war, die geschehen ließ, was in diesem Augenblick geschah. Vielleicht war es auch das Licht, das dem Winter anzeigt zur Seite zu weichen. Vielleicht war es auch einfach nur Lea.

Auf jeden Fall, genau an diesem Ort, zur Zeit von Leas Ankunft, als das Licht stärker wurde, und sich die alte Buche in der Erinnerung wieder spürte – genau zu diesem Zeitpunkt, da alle diese Dinge zusammengetroffen sind, kam in der Krone der alten Buche das erste grüne Blatt zum Vorschein.

Alle Wut, alle Fragen wichen der Ehrfurcht und dem Erstaunen des Neubeginns. Stumm umarmte Lea den Stamm der Buche. In diesem Augenblick war nur ein leises Knistern zu hören.

Da Lea als Lea Fisch erfahren hatte, dass Zeit nicht messbar ist, weil die Geschwindigkeit aller Wesen so verschieden ist, kann weder sie noch ich dir sagen, wie lang diese Umarmung gedauert hat. Wahrscheinlich hat sie so lange gedauert, wie sie dauern musste. So wird es wohl gewesen sein.

Bevor Lea einschlief, hörte man sie noch leise sagen: „Ich bin Lea."

Im selben Moment erstrahlte die Krone der Buche im schönsten Grün.

Lea als Sängerin

Nach einem langen, erholsamen Schlaf kitzelte Lea etwas an der Nase. Es war die Frühlingssonne, die mit ihrem Licht und ihrer Wärme allen Neubeginn möglich macht. Sie musste ein paar Mal niesen, bevor sie die Augen öffnete.

„Welches Strahlen fliegt mir da entgegen?" Dabei blinzelte Lea einige Male mit ihren verschlafenen Augen. Anschließend sah sie sich um und bemerkte mit einem großen Erstaunen die Veränderung um sie herum.

„Was ist passiert? Hat ein Zauberer diese Wiese besucht und alles verwandelt? Ich kann mich nicht satt sehen an den Farben. Alles leuchtet und duftet nach Leben." Lea schaute über sich und bemerkte, dass auch der Buche ein grünes Kleid gewachsen war.

Und auf einmal hörte sie ganz wundervolle Töne. So verschieden sie alle waren, trotzdem erklangen sie in einer Harmonie, dass Lea glaubte in einem Konzertsaal zu sein.

Eine große Ehrfurcht breitete sich in ihrem Inneren aus. Sie schaute die alte Buche fragend an. Diese nickte ihr nur sanft und geheimnisvoll zu.

Lea ging vorsichtig, auf Zehenspitzen zum Bach, um sich ihr Gesicht zu waschen. Sie wollte den Gesang nicht stören. Da schwamm direkt vor ihrer Nase ein kleiner bunter Fisch. Er unternahm keinerlei Fluchtversuch. Fast machte es den Anschein, als würde er Lea schon lange kennen. Er schaute sie mit seinen großen Augen an, als wolle er ihr eine Botschaft mit auf den Weg geben.

Lea fühlte sich sehr wohl in seiner Nähe, und sie spürte eine große Vertrautheit. So sah sie ihm noch eine Weile im Wasser zu. Dabei bemerkte sie nicht, wie die Zeit verging. Es schien im Augenblick nur diese eine Zeit zu existieren. Die Zeit der Lea und die des kleinen Fisches.

Also setzte sich Lea an das Ufer des Baches und begann ein Lied anzustimmen. Um sie herum verstummte plötzlich alles. Die Vögel pausierten mit ihrem Gesang und suchten sich ein Plätzchen in der Blätterkrone der alten Buche. Nur Leas Stimme war noch zu hören. Selbst der Wind verteilte sich sanft über den Feldern.

Inzwischen hatte sich um den kleinen Fisch ein ganzer Schwarm anderer bunter Fische versammelt. Ihre Körper wiegten sich im Rhythmus von Leas Gesang.

So kam es, dass mit Leas Singen die Bewohner der Wiese, ja selbst die Fische im Wasser, eine tiefe Verbundenheit spürten. Auf einmal hatten sie etwas gemeinsam. Durch die Aufmerksamkeit, die sie sich gegenseitig zukommen ließen, wurden sie sich ihrer bewusst. Es war, als sei der Frieden auf dieser Wiese erschienen. Und alle bemerkten ihn zur gleichen Zeit.

Nachdem Lea ihren Gesang beendet hatte, ging sie zurück zur alten Buche. Dort fing ein reges Applaudieren an. Lea wurde rot vor Verlegenheit. Alle riefen begeistert: „Lea, du bist eine Sängerin!" Lea verbeugte sich tief und antwortete: „Ich weiß."

So verging der Frühling, wie alle Zeit vergänglich ist. Man sang gemeinsam, genoss die Farben und schenkte sich Aufmerksamkeit.

Lea als Tänzerin

Inzwischen wurde es auf der Wiese immer bunter. Immer mehr Tiere kamen herbei, um den Sommer zu begrüßen. Lea begann vor Freude darüber, sich im Kreis zu drehen. Schneller und immer schneller. Bis sie umfiel und kaum mehr Luft bekam.

Nach einer kurzen Zeit der Erholung stand sie wieder auf und bewegte sich nun leichter als jemals zuvor. Fast auf Zehenspitzen setzte sie zum Tanz an.

„Es ist herrlich, auf dieser Wiese zu leben. Es ist herrlich, die Sonne zu spüren. Die Farben zu riechen und zu singen. Ich strecke dir meine Hände entgegen, um mich dir, lieber Sommer, zu zeigen." So sang sie und bewegte sich dazu mit einer Leichtigkeit, dass es eine Freude war, ihr zuzusehen.

Im nächsten Moment geschah etwas Seltsames. Ein Schmetterling setzte sich während des Tanzes auf Leas linke Hand. Er ließ sich, während sie sang und tanzte, von ihr tragen. Irgendwann verstummte ihr Gesang.

Es gab jetzt nur noch Lea und den Schmetterling.

Auch hier machte es den Anschein, als stünden die beiden in tiefer Verbundenheit. Die beiden bedurften wohl keiner Worte, um sich zu verstehen. Es war ein stiller Tanz.

In diesem Moment verstummte alles, was zuvor noch seine Stimme erhoben hatte. Eine große Stille breitete sich auf der Wiese aus. Selbst die Grashüpfer hielten inne, um diesem Zauber beiwohnen zu dürfen. Das Einzige, was blieb, war ein zarter Windhauch. Dieser entstand aus dem Atem eines jeden Lebewesens. Selbst die kleinste Laus war beteiligt.

Und irgendwann, ich weiß nicht, wie es geschah, kam ein großer Windhauch, und jedes Tier, jeder Grashalm, jede Blume und auch die Fische im Wasser, fuhren fort den Tag zu leben.

Du weißt, alles besteht aus einem Kommen und Gehen.

Doch wie der Tag es so mit sich bringt, wandelt sich die Zeit und mit ihr alles Tun. Nur nicht heute. Nicht bei Lea. Lea tanzte, als hätte sie nie etwas anders getan. Und um sie tanzten hunderte von Schmetterlingen. Nach und nach kamen immer mehr und gesellten sich in den Reigen. Es war ein Schauspiel, wie ich es zuvor noch nie erlebt hatte.

Und während ich dem Tanz zusah, wusste ich nicht mehr, ob es die Arme von Lea waren oder der Flügelschlag eines Schmetterlings.

Erst als der Abendwind die Sonne nach Hause schickte und sich die ersten Nachtwolken über der Wiese zeigten, war Lea bereit den Tanz zu beenden. Sie winkte den Schmetterlingen zu, die sich nun der Stille der Nacht hingaben. Nur einer blieb und schaute Lea noch eine Weile an.

„Mir ist, als würden wir uns schon lange kennen, als wäre ich schon einmal mit dir geflogen", sagte Lea zu dem Schmetterling.

Der Schmetterling antwortete ihr: „Wenn du bereit bist, das in dir zu sehen, was dich ausmacht, dann weißt du auch, dass es ein Leichtes ist, ein Schmetterling zu sein. Das Wissen, dass alles möglich ist, verbindet unsere Seelen. Darum Lea, sei gewiss, dass wir uns kennen, und schon immer gekannt haben."

Nach diesen Worten verabschiedeten sich die beiden und Lea fiel in einen tiefen Schlaf.

Lea im Herbst

Auf der großen Wiese war ein reges Treiben zu beobachten. Es roch nach Herbst. Die alte Buche ließ ihre Früchte zu Boden fallen. Das Streuobst verlor sich in der Weite der Wiese. Die Samen der Gräser zerstreuten sich im Wind.

Manche Vögel begannen ihre Abschiedslieder zu singen. Am Rande der Wiese lockten Beeren die Gäste an, sich an ihnen zu laben. Die Fülle der Zeit hatte begonnen. Was zuvor in seiner Blüte stand, erfuhr nun die Reife.

Die Herbstsonne erfreute sich so sehr an diesem Anblick, dass sie ihre Wärme schickte, um den Genuss des Herbstes gebührend zu feiern.

Lea konnte vor Staunen ihren Blick nicht lösen, von dem was sie zu sehen bekam. Sie kostete die verschiedenen Früchte, nicht ahnend, dass schon bald der Winter einziehen würde.

„Ich freue mich. So eine Mahlzeit konnte ich schon lange nicht mehr genießen". Dabei steckte sie in ihre Tasche, was hineinpasste. Anschließend half sie den Eichhörnchen beim Einsammeln der Bucheckern, den Vögeln zeigte sie den Weg zu den Beeren. Unter der Buche sammelte sie das Holz der gebrochenen Äste zu einem Haufen zusammen. So hatten die Igel ein Winterquartier.

Anschließend suchte sie die Wiese nach Steinen ab, die sie zu einem Berg übereinander legte. Niemand sollte sie durch das hohe Gras übersehen und darüber fallen.

Während sie ihre Arbeit tat, kreuzte sich ihr Weg mit dem einer Ameise. „Welche Kraft du hast", sprach die Ameisendame. „Darf ich dir behilflich sein? Die Igel, Kröten, Eidechsen und manch anderes Tier werden dir dankbar sein, wenn der Herbst endet und die kalte Jahreszeit beginnt. Du bist stark, hast unendlich viel Kraft. Du kannst viel erreichen."

Lea setzte sich auf den Steinhaufen: "Weißt du, Frau Ameise, es ist wunderschön auf dieser Wiese, und ich bin gerne hier. Nur manchmal, manchmal fühle ich mich alleine. Du lebst in einem Volk von deinesgleichen. Ihr arbeitet zusammen und ihr ruht zusammen. Euer Haus erschafft ihr gemeinsam, und eure Wege gehen viele. Obwohl du mir so vertraut bist, bin ich doch nicht von deiner Art. Obwohl wir beide Holz tragen, so sind die Stücke doch verschieden groß."

Die Ameisendame schaute Lea eine Weile an, bevor sie zu sprechen begann: „Lea, ich habe dich mit den Fischen schwimmen sehen und mit den Schmetterlingen tanzen. Nun arbeitest du wie das Volk der Ameisen. Die Vögel haben aus Ehrfurcht vor deinem Gesang geschwiegen. Ich kann weder singen noch tanzen. Auch schwimmen werde ich als Ameise wohl nie lernen. Du aber Lea, hast viel erfahren. Deine Erlebnisse reichen weit über meine Wirklichkeit. Sag mir Lea. Warst du in diesen Zeiten jemals alleine? Und bist du es jetzt?" Während die Ameisendame mit Lea sprach, schaute sie ihr tief in die Augen.

„Ich danke dir, und ich bin beschämt", antwortete Lea. „Es ist mir, als hätte ich ähnliche Worte schon einmal, vor langer Zeit, gehört. Ich muss sie wohl vergessen haben. Doch jetzt ist sie wieder da, die Erinnerung. Ich danke dir noch einmal. Deine Worte werde ich in meinem Herzen bewahren."

Lea wurde trotz der schweren Arbeit wieder leicht ums Herz. Sie wusste: Solange sie auf dieser Wiese lebte, würde sie niemals alleine sein.

Und wie es nach jeder harten Arbeit ist, kommt auch die Zeit der Ruhe. Bei Lea war es genauso.

Die Steine waren alle zu einem Haufen aufgeschichtet und Lea wurde müde. Sie ging zur alten Buche. Diese hatte schon ein paar ihrer Blätter fallen lassen. Der Wind trug sie zu einem Haufen zusammen. Darauf legte sich Lea zum Schlafen nieder. Es dauerte nicht lange, da fielen ihr die Augen zu.

Lea entdeckt das Nichts

Eine sanfte Stille breitete sich über der Landschaft aus. Eine nie zuvor geahnte Kälte ließ sich auf der Wiese nieder. Die Bäume zeigten ihre ganze Nacktheit. Die Oberfläche des Wassers begann eine Eisschicht zu malen.

Nur noch wenige Vögel waren in der Krone der alten Buche beheimatet. Einige Tiere hielten ihren Winterschlaf. Andere suchten in den kargen Resten des verloren gegangenen Herbstes ihre Nahrung.

In diesem Augenblick öffnete sich der Himmel und ließ weiße Flocken tanzen. Über die ganze Wiese, über jeden Baum und Strauch, legte sich eine weiße Decke. Es machte den Anschein, als würde alles in einem tiefen Schlaf liegen, und darauf warten, zu einer anderen Zeit wach geküsst zu werden. Eine tiefe Ruhe war zu spüren.

„Wie lange habe ich geschlafen? Wo seid ihr? Warum kann ich euch nicht hören?" Lea hatte im Stamm der alten Buche ihr Quartier gefunden. Sie reckte und streckte sich und hatte mit ihren noch verschlafenen Augen den Wintereinbruch nicht wahrgenommen. Blinzelnd schaute sie nach draußen. Der Schnee blendete sie und ihre Augen mussten sich zuerst an das neue Bild gewöhnen.

„Sag mir, was ist das?" Fragend schaute sie zur alten Buche. „Das ist die Zeit, die notwendig ist, bevor neues Leben stattfinden kann. Alles muss zuerst durch das Nichts gehen, bevor es weiter darf. Das Nichts verschafft uns tiefe Erkenntnisse. Es lässt uns nach innen schauen. Für einen Moment will es uns vormachen, dass um uns nichts mehr vorhanden ist. So sind wir gezwungen Einkehr zu halten, um das zu finden, was tief in uns verborgen liegt. Darum gibt es den Winter. Jedes Lebewesen soll die Chance haben, das in sich zu entdecken. So ist jede Zeit von Nutzen, Lea."

Die alte Buche musste es wissen. Sie war Lea viel an Erfahrung voraus. Weil Lea der Buche vertraute, blieb in ihr die Hoffnung, dass das Nichts, so wie es gekommen war, auch wieder ging.

Also schloss sie die Augen, um nach innen zu schauen. Dabei sah Lea all das vor sich, was sie erlebt hatte.

Besonders gut erinnerte sie sich an die Zeit als Fisch. Doch ihr wurde auch bewusst, dass es eine Zeit gab, in der sie sich nicht mehr erinnern konnte, wer sie war.

Aber jetzt, wo sie wusste, dass sie Lea war, jetzt konnte sie sich zurück lehnen. Sie ahnte, dass alles in ihr war. So war sie in der Lage, auch dem Winter seine schönen Seiten abzugewinnen.

Über diese Erkenntnis war sie so glücklich, dass sie mit einem Satz aufstand und über die mit Schnee bedeckte Wiese rannte. Zwischendurch ließ sie ihren Körper immer wieder in den Schnee fallen und schlug Purzelbäume. So hinterließ Lea ihre Spuren in der Winterlandschaft.

Nach einiger Zeit ging ihr jedoch die Puste aus. Schnell schlüpfte sie in das Loch des Buchenstammes. Sie senkte ihren Kopf, um ganz bei sich zu bleiben. Doch der war so voller Gedanken, dass sie glaubte, er würde gleich zerplatzen. Da erinnerte sie sich wieder an ihren Freund, den Dichter.

Er hatte ihr ein leeres Buch zurück gelassen, für den Fall, dass sie es mal brauchen würde. Das kramte sie nun hervor.

All ihre Gedanken wollte sie darin festhalten. Alles aufschreiben, was sie erfahren hatte. Über alles wollte sie berichten. Auch über das Nichts. Wenigstens erwähnen wollte sie es.

Plötzlich hatte sie eine Idee. Sie würde den Winter nutzen, um von all dem zu erzählen, was in ihrem Kopf war. So hatte sie die Chance, das Nichts in sich zu entdecken, und wenn die anderen wollten, durfte sie ihren Freunden die Kargheit des Winters mit ihren Gedanken füllen.

Auf einmal bemerkte sie ein kleines Rinnsal vor der Buche. Lea wunderte sich darüber und fragte die alte Buche nach dem Grund: „Warum wird aus dem Schnee Wasser?

Ich sehe darunter das Grün der Wiese!"

„Das hat das Feuer, das in dir entfacht ist, verursacht. Du hattest eine zündende Idee. Das hat Folgen. Das bringt Veränderung mit sich. Das lässt aus dem Nichts Neues entstehen."

Lea strahlte. Das war es. Das wollte sie tun. Sie wollte das Feuer entfachen. Mit einem großen Glücksgefühl nahm sie Papier und Bleistift zur Hand und fing an zu schreiben.

Ihre Gedanken füllten die Stille aus und gaben dem Winter seine Leichtigkeit zurück.

Lea als Schriftstellerin

Lea saß im Stamm der alten Buche. Mit strahlenden Augen schrieb sie ihre Gedanken nieder. Aus den vielen Wörtern entstanden Geschichten.

Irgendwer musste von Leas Kunst erfahren haben, denn vor der alten Buche versammelte sich eine Gruppe von Rehen.

„Wir haben gehört, dass du es verstehst, dem Winter seine Langeweile zu nehmen. Sag, willst du uns deine Geschichten erzählen? So würde auch für uns der Winter ein anderes Gesicht bekommen."

Lea war schon ein wenig verlegen. Es machte sie jedoch froh, dass man ihren Geschichten Aufmerksamkeit schenkte. Darum antwortete sie:

„Es ist mir eine Freude, in euch Zuhörer gefunden zu haben. Lasst euch nieder und lauscht meinen Worten. Nehmt davon auf, was euer Herz berührt, denn es ist mein Wunsch in euch das Verlangen nach dem zu wecken, was tief in euch verborgen liegt."

Sie schlug die erste Seite ihres Buches auf und begann die Zeilen laut zu lesen. Dabei schaute sie ihren Zuhörern von Zeit zu Zeit tief in die Augen. In solchen Momenten konnte sie in deren Seelen lesen. Das inspirierte sie wieder zu neuen Geschichten. Es war ein Kommen und Gehen von Gedanken.

Jeden Tag kamen mehr Wiesenbewohner, um den Erzählungen von Lea zu lauschen.

Eines Tages jedoch war die letzte Seite ihres Buches beschrieben. Wo sollte Lea ihre Gedanken nun festhalten? Niemand hatte ihr je erzählt, was außerhalb dieser Wiese zu sehen war.

Sie erinnerte sich an den Dichter. Ihn hatte es immer wieder an einen neuen Fleck gezogen, um sein Herz mit Poesie zu füllen. Er wusste sicherlich, wo es die leeren Seiten gab. Er würde ihr auch von der Welt hinter der Wiese erzählen können. Plötzlich verspürte sie die Sehnsucht in sich, ihm nah zu sein. In ihr breitete sich eine große Traurigkeit aus.

Und eines Tages, ich weiß nicht, wie es geschehen ist, verstummte Lea. Sie wollte nicht mehr reden, wollte erleben, wie es ist, den Worten zu lauschen, statt selbst Geschichten zu erzählen. Von diesem Zeitpunkt an gab es nur noch den Winter. Ohne Worte, ohne Leas Geschichten.

Lea saß im Stamm der alten Buche und sann über ihr Dasein nach.

In der Zwischenzeit hatten die Tiere der Wiese eine Versammlung einberufen. Sie wollten darüber nachdenken, wie sie Lea helfen konnten, ihre Worte wieder zu finden.

„Wir müssen leere Seiten für sie finden", sprachen die Ameisen. „Der Dichter muss hierher kommen", erzürnte sich der Fuchs. „Sie braucht Ruhe", riefen die Krähen. „Unser Gesang wird ihr helfen in den Schlaf zu finden. „Bei so viel Eitelkeit gefriert das Korn in meiner Kammer", erboste sich die Feldmaus. „Sie muss zum Lachen gebracht werden. Wir sollten ein Feuer anzünden. Das hat sie auch für uns getan", meinte der Fuchs voller Überzeugung.

Ein Schmetterling flog herbei, und flüsterte: „Sie braucht den Tanz. Lasst uns sie zum Tanz einladen."

Auf einmal hörte man ein leises Blubbern, das aus dem Wasser zu vernehmen war: „Schenken wir ihr Zeit. Auch das Traurigsein will vernommen werden."

Immer mehr Vorschläge wurden gemacht. In einem waren sich jedoch alle einig. Sie wollten Lea zurück.

Da stand die alte Eule auf und stellte sich in die Mitte des Kreises. „Lea muss die andere Welt erfahren. Sie braucht es, hinter diese Wiese zu schauen zu können. Wir müssen damit rechnen, dass sie uns verlassen wird. Vielleicht gefällt ihr das andere Leben besser und sie findet ihre

Worte dadurch wieder. Dann müssen wir sie gehen lassen." Tiefe Stille breitete sich aus. „Was wäre diese Wiese ohne Lea? Was wären wir ohne Lea?"

„Erinnert euch an Leas Worte", sprach die Eule. „Schaut tief in euer Wesen. Dort ist alles, was ihr braucht."

So nahm die Versammlung ihr Ende, mit dem Wissen, dass es nie mehr so sein würde, wie es vorher war.

Lea betritt die andere Welt

Am Morgen nach der großen Versammlung bereiteten sich die Bewohner der Wiese darauf vor, Lea in die andere Welt zu führen. Niemand wusste was geschehen würde. So zog eine Wolke der Angst über die Wiese. Grau und schwer.

„Lea, steh auf! Heute ist ein großer Tag. Wir wissen um deine Traurigkeit. Es ist uns zu Ohren gekommen, dass die letzte Seite deines Buches beschrieben ist", sprach der Fuchs, der vor der alten Buche stand, und alles versuchte, um Lea aus dem Loch zu locken.

Nach einer Weile des Wartens zeigte sie sich. Sie kam auf allen Vieren, den Kopf und die Schultern Richtung Boden hängend, herausgekrochen.

„Warum lässt du mich nicht schlafen? Sieh zum Himmel. Der Tag will sich nicht zeigen." Lea blinzelte mit ihren Augen. Es schien, als habe man ihr jeden Muskel geraubt.

„Was macht dich aus?", fragte sie den Fuchs? Der antwortete: „Es bereitet mir große Freude durch die Gärten zu schleichen, dann und wann dem Bauern ein Huhn zu stehlen, um wieder in der Dunkelheit zu verschwinden." „Was macht mich aus?", fragte sie den Fuchs erneut? Der antwortete:

„Du findest so viel Gefallen an uns, dass du in die Rolle eines jeden von uns schlüpfen kannst, wenn du willst. Wenn du ein Fisch bist, dann bist du ein Fisch. Hast du dich entschlossen eine Ameise zu sein, dann bist du eine Ameise. Du bist in der Lage mit den Vögeln zu fliegen, obwohl du keine Flügel hast. Du erzählst uns deine Geschichten, als wärst du überall selbst dabei gewesen. Du fühlst es so stark, dass du in uns die Sehnsucht weckst, unsere eigene Geschichte zu schreiben. Das macht dich aus, Lea. Du weckst das Verlangen in uns, mehr von uns zu erfahren."

Nach dieser Antwort kamen dem Fuchs ein paar Tränen. Lea hob den Kopf. Sie schaute dem Fuchs in die Augen und verstand, was er damit meinte.

„Wir möchten dir heute zeigen, was sich hinter dieser Wiese verbirgt. Sicher bietet sich dir dort der Stoff für viele Geschichten, und du bist wieder in der Lage zu lachen und dein Spiel fortzusetzen." Der Fuchs hob seine rechte Vorderpfote und lud Lea ein, ihm zu folgen.

Lea war so ergriffen von diesem Akt der Freundschaft, dass ihr nichts anderes übrig blieb, als ihn zu begleiten. Sie schaffte es nur auf allen Vieren, aber sie schaffte es.

Rechts und links von ihr wurde sie von den Wiesenbewohnern begleitet. Über ihr waren die Tiere des Himmels. Selbst unter der Erde schaufelte der Maulwurf seinen Gang, um Leas Schritte mitzugehen.

Schließlich kamen sie an das Ende der Wiese. Dort wuchsen Brombeersträucher und Holunderbäume. „Wer hat Mut?", fragte die Eule. Der Hirsch meldete sich: „Ich werde es tun."

Nach ein paar Sekunden des Schweigens nahm er Anlauf und rammte mit Hilfe seines Geweihs ein Loch in die Hecke.

„Dies ist dein Weg, Lea", sprach das Käuzchen. „Wir haben ihn für dich frei gemacht, wenngleich wir doch wissen, dass sich diese Lücke nicht schließen wird. Du bist eine von uns geworden. Nicht, weil du so bist wie wir, sondern weil du den Teil von uns ausgefüllt hast, den wir vorher nicht gesehen haben. Darum wird deine Rolle vorerst unbesetzt bleiben. Wir wünschen dir, dass du viele leere Seiten füllen darfst und viele Sehnsüchte weckst. Vor allen Dingen wünschen wir dir, dass sich deine Sehnsüchte erfüllen und die Sehnsüchte derer, in denen du sie wach gerufen hast.

Ich werde vom heutigen Tag an meine Stimme ertönen lassen. Man wird mich weit bis ins Land hinein hören. Manche Menschen werden sagen: Wenn das Käuzchen ruft, stirbt in der Nähe ein Mensch. Du

Lea, wirst aber wissen, wenn mein Ruf ertönt, hat ein Mensch erkannt, welches seine wirklichen Bedürfnisse sind. Er hat die Sehnsucht in sich entdeckt, sein wahres Wesen zu leben.

Mit jedem meiner Rufe weißt du nun, dass sich eine Seele neu geboren hat, weil sie ihr wahres Selbst entdeckt hat. So will ich Hoffnungsträger für dich sein. Ich nehme diese Rolle in Würde an. Jeder Ruf wird aus der Mitte meines Herzens erschallen."

Die Eule schaute Lea an und sprach: „Man sagt mir Klugheit und Weisheit nach, Lea. Vom heutigen Tag an werde ich meine Augen so weit öffnen, dass jeder, der mich anschaut, in einen Spiegel sieht. So darf jeder erkennen, dass er es selbst ist, der diese Eigenschaften in sich trägt.

Ich nehme diese Rolle in Ehrfurcht an und fühle mich wichtiger als je zuvor. Darum bin ich von nun an bereit, alle Wesen in mein Herz schauen zu lassen."

Eine Ameisendame trat zu Lea und sagte: „Manchmal, Lea, habe ich geglaubt, dass unser Dasein nur aus harter Arbeit besteht und die wirklich wichtigen Aufgaben von anderen übernommen werden. Jetzt habe ich erkannt, dass es bei uns nur ein Wir gibt. Ich bin eingebettet in eine große Gemeinschaft. Wir verstehen uns ohne viele Worte und sind der Beweis dafür, dass es möglich ist, in einem großen Volk in Frieden zu leben. Darum werden wir vom heutigen Tag an unsere tägliche Arbeit tun, als gäbe es niemanden, der wichtiger wäre als wir. Zum Zeichen werden wir unsere Häuser in der Form eines Hügels bauen. Sichtbar für jeden, der vorübergeht. In der Erkenntnis, dass alles Tun, das in Frieden und Liebe geschieht, stolz gezeigt werden darf."

So hatte jedes Tier ein Abschiedswort für Lea.

Mit jedem dieser Worte war es für Lea besser möglich sich zu spüren. Sie stellte sich aufrecht hin und sprach: „Mir bleibt nichts, als euch Danke zu sagen. Durch euch bin ich zu dem geworden, was immer in mir war. Ihr habt mir zugehört, habt nichts in Frage gestellt. Ihr habt die

Freude und die Trauer mit mir geteilt. Ihr habt euch mit mir erzürnt und mit mir gelacht. Ihr habt gewusst, wer ich bin, bevor ich mich erkannt habe. Jeder von euch ist etwas ganz Besonderes. Es erfüllt mich mit Stolz, solche Freunde zu haben. Jedoch macht es mir auch den Abschied schwerer und ich bin mir nicht sicher, ob ich diese Reise antreten möchte."

Es entstand für ein paar Sekunden Bewegungslosigkeit. Alle hielten den Atem an. Würde Lea vielleicht doch bleiben?

In diesem Augenblick rannte Lea zur alten Buche zurück, und umarmte sie zärtlich. Diese Zeit gehörte nur den beiden.

Die Buche flüsterte ihr zu: „Du wirst gehen Lea. Sieh dir die andere Seite an. Erfülle deine Sehnsucht und entscheide später. Ich werde hier auf dich warten, solltest du dich zur Rückkehr entschließen. Wenn du hinter der Wiese das findest, nach dem du dich sehnst, werden meine Blätter, die im Wind hin und her tanzen, von dir erzählen. Ihr Rauschen soll dich daran erinnern, dir deine Träume zu bewahren. Glaube an dich, Lea. Lasse dich nicht entmutigen von denen, die glauben, eine Sache hätte nur eine Seite. Suche nach Wesen, die auch die andere Seite kennen oder von ihr hören wollen. Ich glaube an dich. Die Zeit ist gekommen. Geh deinen Weg, bevor dich dein Verstand deiner Illusionen berauben will. Geh jetzt, Lea. Du darfst nicht aufgeben."

Ein letztes Mal schmiegte sich Lea an die Buche. Dabei liefen ihr Tränen die Wange hinunter. Diese benetzten den Boden und erweckten eine Blume, die sich in diesem Moment zum ersten Mal dem Licht zeigte. Die Menschen nennen sie Vergissmeinnicht. Wer aber tief in sich hinein hört, weiß, dass es um die Träume geht, die in jedem von uns wohnen. Es geht um dich und mich. Leas Tränen haben diese Blume zum Leben erweckt. Das Vergissmeinnicht ist das Zeichen für den Glauben an uns selbst, an unsere Träume und Sehnsüchte.

Ich durfte Lea kennenlernen und weiß um ihre Geheimnisse. Darum erfüllt es mich mit Stolz, die Dinge, die Lea so wichtig sind, weiterzugeben.

Bewahre es tief in deinem Herzen, das Geheimnis vom Vergissmeinnicht. Erzähle es nur den Menschen, die es wissen möchten. Die anderen lasse in dem Glauben, dass es eine blaue Blume ist, die sich im Frühling zeigt.

Lea erhob ihren Kopf und ging. Für jeden hatte sie noch ein paar Worte zum Abschied. Ich konnte sie nicht hören. Es waren persönliche Worte, die nur für den bestimmt sind, dem sie gesagt werden.

Schließlich stand sie vor dem Ausgang. „Nur noch einmal umdrehen", dachte Lea. Das tat sie dann auch. Jeder Abschied tut weh. Ich vermag ihn mit Worten nicht zu beschreiben.

Danach setzte sie einen Fuß nach vorne, um den ersten Schritt zu machen. Den ersten Schritt in die Ungewissheit. Den ersten Schritt in eine andere Welt.

Lea in der anderen Welt

Lea betrat ganz vorsichtig, Schritt für Schritt, den neuen Boden. Das Gras roch ähnlich, die Blumen hatten die gleichen Farben, sogar die Tiere sahen aus wie die, wo sie herkam.

Eines jedoch erschien ihr anders. Alle schienen sich um sich zu kümmern. Niemand zeigte Interesse am anderen. Es war kein unbefangenes Spiel zu sehen, kein Lachen zu hören. Alle schwitzten. Ob sie etwas taten, oder ob sie saßen. Die Münder und Augen waren zusammengekniffen, statt offen zu schauen. Die Lippen bestanden aus dünnen Streifen und auf der Stirn dieser sonderbaren Wesen befanden sich wellenförmige Linien. Das aufrechte Gehen schien schwer zu fallen. Jeder war an irgendeiner Stelle seines Körpers verbeult. Man sprach von Arbeit und Freizeit.

Irgendwie hatte Lea das Gefühl, dass es in der anderen Welt um Trennung ging. Aber von was hatte man sich getrennt?

Da sah sie ein großes Gebäude. Darauf stand THEATER. „Hier spielt sich das ganze Leben ab?", dachte Lea traurig. „In so einem Steinhaus? Bei uns spielt man immer, was man ist. Hier muss man sich also verstecken und dafür in ein Theater gehen. Man trennt sich also von dem, was man ist."

Lea merkte, dass ihr kalt wurde. Dieses Gefühl verspürte sie zum ersten Mal. Jetzt sah sie ein Gebäude mit der Aufschrift SCHULE. Lernen war also nur hinter verschlossener Tür und unter Aufsicht möglich.

Seltsam, auf Leas Wiese lernte einer vom anderen. Dabei entdeckte man auch, dass man manche Dinge besonders gut konnte und Freude daran hatte. Andere Sachen machten die anderen besonders gut, und auch daran erfreute man sich. Aber nie taten alle das Gleiche.

Auf einmal öffneten sich die Türen, und ein Furcht erregender Lärm übertönte Leas Gedanken. Lea vermutete Angstschreie dahinter.

Inzwischen hatte sie erfahren, dass diese Wesen Menschen genannt wurden. „Vor was liefen sie schreiend davon? Wer quälte sie so? Wer ließ sie so lange schweigen, dass sie ihre Sprache nur durch lautes Schreien zurück gewannen?"

Sie ging weiter. Da kam sie an ein sogenanntes KRANKENHAUS.

„Das ist es also", dachte Lea. „Es gibt Gebäude, in denen man diese Beulen klopft und die Furchen auf die Stirnen der Menschen malt."

Nun fing Lea an zu weinen. Sie konnte nicht mehr aufhören zu frieren, schlug die Arme vor ihre Brust und ließ sich zu Boden sinken. In so einer Welt wollte Lea nicht sein.

Da bückte sich jemand und fragte sie: „Was ist los mit dir? Warum weinst du? Geht es dir nicht gut? Hat dir jemand weh getan? Brauchst du Tabletten? Musst du mal eine Auszeit haben? Hast du gar eine Depression? Immer mehr Menschen kommen nicht mehr mit sich klar. Komm, ich bring dich ins Krankenhaus."

Das war Zuviel für Lea. Zu viele Fragen auf einmal. Zu wenig Zeit, um zu antworten.

„Ich will eure Beulen nicht. Auch keine Runzeln auf der Stirn. Ich will mich nicht verstecken, um zu spielen. Außerdem habe ich Angst vor diesen Schreien. Ich möchte nicht kaputtgehen. Man darf nicht alles von mir trennen. Ich wollte doch nur ein paar leere Seiten füllen.

Ich habe geglaubt, hinter meiner Welt gäbe es Dinge, über die ich neue Geschichten schreiben kann. Das hätte den Winter so warm gemacht. Bei uns arbeitet man zusammen und wir singen zusammen. Wenn einer erzählt, hören die anderen zu.

Der eine sammelt Früchte für den Winter, der andere Gedichte. Der nächste stimmt ein Lied an. Wir lachen und weinen zusammen, aber nie übereinander. Und wir lernen gerne, denn das sichert unsere Zukunft. Die Starken achten auf die Schwachen.

Wir wissen um die Andersartigkeit. Deswegen brauchen wir auch kein Krankenhaus, damit wir wenigstens die Beulen gemeinsam haben. Wir brauchen jeden von uns. Darum darf auch jeder das tun, was er gerne tut.

Und trotzdem gibt es die Sehnsucht nach der Verbundenheit mit nur einem Wesen. Auch ich habe sie tief in mir gespürt. Deswegen habe ich meine Seite verlassen, weil ich geglaubt habe, diesem Wesen schon einmal begegnet zu sein. Nun bin ich hier und habe Angst, dass es mich bald nicht mehr geben wird. Ich möchte zurück, und nehme die Sehnsucht wieder mit.

Ich will nur ein letztes Mal versuchen, ein leeres Buch zu finden. So kann ich für meine Freunde alles aufschreiben, und deren Sehnsucht verursacht weniger Schmerzen, wenn sie erfahren, dass man hier nicht mehr ganz sein darf. Wir werden uns dann gemeinsam freuen, dass alles so ist, wie es ist."

„Du sagst Dinge, die ich nicht verstehe. Vielleicht solltest du lieber etwas Vernünftiges tun. Da hast du keine Zeit dir solche Gedanken zu machen. Von deiner Sorte gibt es immer mehr. Da hinten wird schon wieder ein neues Krankenhaus gebaut."

Lea schwieg. Irgendwie ahnte sie, dass es besser war, sich zurückzuziehen.

In diesem Moment drehte sich der Mann noch einmal um, und rief Lea zu. „Neulich ist mir schon einmal so ein Spinner wie du über den Weg gelaufen. Pass auf dich auf. Im Gegensatz zu dir hatte er genug leere Seiten anzubieten. Mit seiner zerrissenen karierten Hose und seinen grauen Locken hat er einen fast so jämmerlichen Eindruck gemacht wie du.

Er hat die ganze Zeit von der verlorenen Seite gesprochen und dass er um die wesentlichen Dinge wüsste. Ihm würde nur die Kraft fehlen alles aufzuschreiben, denn er habe verloren, wonach er gesucht hatte. Zu spät habe er erkannt, dass alles ganz nah war. Niemand hier versteht ihn. Er verkauft Eintrittskarten im Theater.

Den Leuten erzählt er seltsame Geschichten von einer Lea.

Am Anfang hatte er immer ein Schild bei sich, auf dem stand: LEA EXISTIERT. Das sieht man aber schon lange nicht mehr. Seine Stimme hört man kaum noch. Das ist auch besser so. Er soll lieber Theaterkarten verkaufen."

Dann drehte er sich um und ging weiter.

Lea begann zu zittern. Gab es ihn noch? Sollte das wirklich der Dichter sein? Hatte er es hier ausgehalten, ohne zu sterben? Da wo alles so kaputt war? Wo kein Platz mehr für Träume und Fantasien war. Wo die Dichtkunst der Vergangenheit angehörte?

Und trotz alledem musste es noch Menschen geben, die zumindest zu erahnen schienen, dass es noch eine andere Seite gab. Auch von diesen Menschen hatte der Mann gesprochen.

Lea spürte ihr Herz bis zum Hals schlagen, als sie sich auf den Weg zum Theater machte.

Dieses Gefühl kannte sie bisher nicht. Ein Igelpärchen hatte mal darüber berichtet. Wie es war, als sie sich zum ersten Mal angeschaut hatten, der erste Kuss und das Verliebtsein. Später wurde dann Liebe daraus. Liebe sei nicht einfach etwas, das da ist, hatte ihr das Igelpaar berichtet. Dafür müsse man etwas tun. Trotzdem würde der eine den anderen aber lieben, weil er da sei, ohne dass er etwas dafür tun müsse.

Sogar die Liebe habe zwei Seiten.

Lea sprach ein wenig mit ihrem Herzen, beruhigte es, sprach ihm Mut zu und stand schließlich an der Tür zum Theater.

Sie brauchte all ihre Kraft, um sie zu öffnen.

Auf einmal schien es ihr, als seien alle Wiesenbewohner an ihrer Seite, und sie schaffte es, einen Fuß vor den anderen zu setzen.

Der Dichter schien alt geworden. Das Karomuster seiner Hose war vom vielen Waschen kaum noch zu erkennen. Aus den braunen Locken war inzwischen ein Grau geworden. Das gelbe Hemd war in all der Zeit verblasst.

Nur die Augen. Die Augen waren immer noch dieselben.

In diesem Augenblick trafen Leas Augen und die des Dichters aufeinander. Für einen Moment schien die Zeit still zu stehen. Die beiden gingen aufeinander zu und gaben sich die Hand.

Der Dichter nahm sein leeres Buch in die andere Hand. Lea entdeckte hinter der Kasse das Schild, von dem der Mann erzählt hatte. Sie nahm es voller Stolz in die Hand und trug es vor sich her.

$$\boxed{\text{LEA EXISTIERT}}$$

So verließen die beiden Hand in Hand, mit einem Lächeln im Gesicht, das Theater.

Lea kehrt zurück

Langsam gingen Lea und der Dichter die Straße entlang. Es war so, als hätten sich ihre Wege nie getrennt. Sie lächelten den Menschen zu, die ihnen begegneten. Allerdings gab es kaum jemanden der zurück lächelte. Die meisten liefen so über die Straße, als würden sie alleine gehen, als wären die Vorbeilaufenden ein Nichts.

Lea und der Dichter drückten ihre Hände immer fester ineinander, als wollten sie sich nicht erneut verlieren.

„Wer bin ich, Lea?", flüsterte der Dichter. „Ein Dichter. Du bist ein Dichter. Ein sehr guter sogar. Du brauchst nur in den Himmel zu schauen und schon bist du voller Poesie. Dabei bewegst du deinen Körper, als seiest du zum Tanz geladen. Deine Augen strahlen, wenn aus deinen Gedanken Worte werden. Manchmal suchst du die Ferne, damit du die leeren Seiten füllen kannst." Während Lea dem Dichter antwortete, schaute sie ihm tief in die Augen. „Du warst lange fort. Ich habe dich vermisst."

Der Dichter erwiderte: „Ich habe dich gesucht, Lea. Die andere Seite hat mir mein Dasein als Dichter geraubt. Sie haben meine Worte nicht verstanden. Ich konnte den Weg zurück nicht finden. Das Schild habe ich geschrieben, um dich nicht zu vergessen. Die von der anderen Seite wollten mir einreden, dass es dich nicht gibt. Schließlich bin ich in dem Theater gelandet und dort geblieben. Wollte von der Welt da draußen nichts mehr sehen.

Ich habe gehofft, dass die Menschen nach der Aufführung auf den Straßen weiter spielen. Doch die Schmerzen der vielen Beulen und die Runzeln auf ihren Stirnen, die zusammengekniffenen Münder und die Angstschreie ihrer Kinder haben ihnen das Spiel wohl unmöglich gemacht.

Ein paar sind mir von Zeit zu Zeit begegnet, die das Strahlen noch in den Augen hatten und die ein paar unserer Lieder gekannt haben. Ihnen habe ich von dir erzählt und von der anderen Seite. Sie haben dann gesagt, dass das ein schönes Märchen sei. Ich habe sie angefleht daran zu glauben, aber sie konnten es nicht. Sie haben sich aufgegeben und dann auch diese Beulen bekommen.

Für diese Menschen gibt es jetzt AUSZEITKRANKENHÄUSER.

Man verpasst ihnen dort nicht nur Beulen, man gibt ihnen auch zu verstehen, dass die Zeit der Märchen ein Ende hat. Aus, vorbei.

Mich hat man auch für kurze Zeit dort hingebracht, Lea. Ich habe geschwiegen, habe nicht mehr erzählt, wer ich bin. Da konnte ich gehen.

Doch vom Zeitpunkt meiner Verleugnung an habe ich vergessen, was Poesie ist. Es gelang mir nie wieder, eine Seite meines Buches zu beschreiben."

„Bei mir war es genau umgekehrt. Ich habe erkannt, wer ich bin", antwortete Lea dem Dichter. „Das hat meine Sehnsucht so groß werden lassen, dass mir der Raum gefehlt hat, mein neues Dasein zu leben. Ich hatte nicht mehr genug Seiten. Mein Kopf war voller Gedanken. Ich habe gehofft, dich zu finden, und auf der anderen Seite so viel Neues zu erfahren, dass in meinem Kopf immer neue Geschichten entstehen können.

Jetzt habe ich dich gefunden. Jedoch meine Sehnsucht, auf dieser Seite zu leben, hat sich gewandelt, in die Gewissheit, zurückkehren zu wollen."

„Darf ich dich begleiten, auch wenn ich kein Dichter mehr bin?", fragte der Dichter. Lea schaute ihn an und nickte, als sie ihm antwortete: „Bei uns hast du Zeit genug zu erfahren, wer du bist. Und im Übrigen kann ich mir nichts Schöneres vorstellen, als dich an meiner Seite zu wissen."

Lea und der Dichter hatten nicht bemerkt, dass sie, wo vorher der Ausgang war, nun vor dem Eingang der anderen Seite standen.

In diesem Moment ertönte der Ruf eines Käuzchens.

„Ich glaube jetzt fängt ein neues Leben an, Lea. Sieh mal dort. Ein Ameisenhügel. Ist es nicht wunderbar, wie solch ein großes Volk in Frieden leben kann?"

Vor Lea zeigte sich ein Vergissmeinnicht. Sie pflückte es und schenkte es dem Dichter. Beide gingen den ersten Schritt gemeinsam, der sie auf die andere Seite führte.

Als erstes kam ihnen die Eule entgegen. „Seid willkommen!" Dabei schaute sie ihnen in die Augen.

In diesem Augenblick wusste der Dichter wieder, wer er war und Lea erkannte, dass sie vom kleinsten Platz aus, die schönsten Geschichten schreiben konnte.

Da nahmen sich die beiden in den Arm und hielten sich eine ganze Weile fest.

Anschließend lief Lea zur alten Buche und nahm sie zärtlich in den Arm. Die knarrte ein wenig verlegen mit ihren Ästen, weil Lea ja nicht alleine gekommen war.

„Du siehst, ich stehe immer noch hier. Ich habe euch erwartet. Ich habe immer daran geglaubt, dass ihr diese Seite wählt." Dann konnte und wollte sie ihre Freude über die Rückkehr der beiden nicht mehr verbergen. Sie krächzte und stöhnte, bis alle Blätter einen Freudentanz aufführten.

In diesem Augenblick kam die Maus aus ihrem Loch und rief: „Das will gefeiert werden. Da beißt die Maus keinen Faden ab."

Glaube mir, wenn du dir jemals gewünscht hast auf einem Fest gewesen zu sein, dann auf diesem. Erst spät in der Nacht war die Feier zu Ende.

Der Fuchs wollte noch nicht so recht ins Bett. Der Eule war die Nacht zu schön, um zu schlafen, die Maus hatte sich so voll gegessen, dass sie nicht schlafen konnte, und die anderen Tiere, die waren so glücklich darüber, dass Lea das, wonach sie gesucht hatte gefunden hatte, dass sie vor lauter Freude kein Auge zumachen konnten. Gemeinsam sangen sie noch ein paar Abendlieder.

Und weil man besonders schön singen kann, wenn man glücklich ist, sangen Lea und der Dichter die zweite Stimme.

Als alle anderen fast keine Stimme mehr hatten, fragte Lea vorsichtig: „Darf ich euch eine Geschichte erzählen?"

Da wussten es alle. Lea war angekommen.

Außer dem Dichter hatte das Ende niemand mehr gehört. Irgendwann fallen jedem einmal die Augen zu. So ist es auch mir gegangen.

Morgen werde ich dir die vorläufig letzte Geschichte erzählen. Ich glaube, Lea braucht uns nicht mehr. Sie soll mit ihrem Dichter und den anderen Wiesenbewohnern glücklich werden.

Lassen wir sie Theater spielen und singen und tanzen und schreiben und erzählen und schwimmen und arbeiten und fliegen und stolz sein. Lassen wir sie einfach so sein, wie sie sind.

Kümmern wir uns um uns.

Ich habe Lust bekommen zu erfahren, wer ich bin. Noch heute werde ich der Eule in die Augen schauen.

Schlaf gut. Bis Morgen.

Lea ist angekommen

Lea und der Dichter lebten nun gemeinsam im Stamm der alten Buche.

Sie hatten sich gegenseitig so viel zu erzählen, dass in Leas Kopf viele neue Gedanken entstanden. So schrieb sie und schrieb und schrieb.

An den langen Abenden kamen Tiere vorbei, um sich etwas vorlesen zu lassen. Der Dichter hörte Lea besonders gerne zu. Oft fand sie gar kein Ende, und die alte Buche musste schon gewaltig mit ihren Ästen knarren, bis Lea verstand, dass es manchmal auch nötig war zu schweigen.

Und glaube mir. Lea konnte schweigen.

Manchmal habe ich während ihres Schweigens aber auch ein Lachen gehört. Sie hat sich dann einfach selbst eine Geschichte erzählt. Natürlich nur in ihrem Kopf. Und wenn sie sie nicht aufgeschrieben hat, dann blieb diese Geschichte ihr Geheimnis.

Von Zeit zu Zeit hat sie wohl eine ihrer ganz geheimen Geschichten dem Dichter erzählt. Nur dem Dichter. Dann habe ich beide lachen hören. So sehr, dass sogar die Blätter der alten Buche gewackelt haben.

Lea hat auch geweint. Wenn sie an die andere Seite gedacht hat. In so einem Moment ist sie auf die Wiese gelaufen, hat drei Purzelbäume geschlagen und laut gerufen: „Hier bin ich. Ich bin Lea!"

Niemand hätte gewagt, sie vom Gegenteil zu überzeugen. Und soll ich dir was sagen? Keiner hat es gewollt.

Bist du in der Lage dir vorzustellen, welch munteres Treiben auf der Wiese stattgefunden hat?

Jeder tat die Dinge, die er gerne tut. Alle hatten etwas davon. So profitierte jeder Einzelne vom Können des anderen. Alles wurde geteilt. Sogar die Freude und natürlich auch der Schmerz.

Hier brauchte man weder ein Theater, noch eine Schule, und schon gar keine Beulenfabrik, oder wie das Gebäude hieß. Ich habe den Namen vergessen.

Das Leben selbst war die Bühne, und jeder durfte seine Rolle spielen.

Dann und wann kamen ein paar Besucher auf die Wiese.

Du weißt noch, dass es jetzt einen Weg gibt? Du weißt auch noch, dass man von einer Eule erwartet wird, deren Augen dich in einen Spiegel schauen lassen? Du erinnerst dich noch an den Ruf des Käuzchens und dessen Bedeutung? Du würdest den Ameisenhügel erkennen?

Was wäre das Vergissmeinnicht für dich? Ehrlich?

Ich bin mir sicher, du bist ein willkommener Gast.

Doch auch, wenn du all das nicht wüsstest. Lea würde es dir erzählen wollen, gerne sogar, sehr gerne.

Manchmal höre ich auf der anderen Seite ein Lachen. Es gibt sogar schon ein paar Beulenmenschen, die den Spinnern Gehör schenken. Weißt du was? Ich habe gehört, dass neulich so ein Spinner mitten auf der Straße seine Hand auf die Beule eines anderen gelegt hat. Danach hatte der eine Haut glatt wie ein Babypopo. Anschließend ist der Spinner mit der Glatthaut zur Schule gegangen und hat sich dort mal alles angesehen.

Irgendwie geht das Gefühl nicht aus meinem Kopf, dass beide Seiten neugierig aufeinander geworden sind. Das würde bedeuten, dass das mit der Trennung bald ein Ende haben könnte.

Lea und dem Dichter ist das jetzt ehrlich egal. Sie bleiben in der Buche. Sie wollten immer ganz bleiben. Und das bleibt jetzt auch so.

Wer Gast sein möchte, darf gerne kommen. Alles andere soll jeder selbst machen.

Übrigens:

Falls du dich fragst, was der Dichter gemacht hat, außer Lea zuzuhören. Ich wollte dir Leas Geschichte erzählen. Die des Dichters ist eine andere. Ich möchte ihm nicht die Freude nehmen, sie dir eines Tages selbst zu erzählen.

Mein Wunsch ist, dass sich dir zwei Worte einprägen:

Lea existiert.

100 Fragen an das Universum
Rosemarie Gehrig und Stefan Sicurella

„Was würdest du gerne wissen, wenn du einem Engel oder Gott eine Frage stellen könntest?"

Diese Frage haben die beiden Autoren ihren Freunden und Kindern, Familien und Bekannten gestellt. Es wurden mehr als hundert Fragen aus allen Bereichen des Lebens und Erlebens zusammengetragen. Persönliche Fragen zu Lebenssituationen wurden genauso liebevoll berücksichtigt und beantwortet, wie allgemeine Fragen zu Gesundheit, Politik, Klima und Weltlage. Die Fragen spiegeln die Themen der Zeit wider und die liebevollen Antworten haben, bei aller Individualität, eine zeitlose Gültigkeit.

Auch gerade bei den persönlichen Fragen, kann der Leser Ähnlichkeiten und Resonanzen zu seinen eigenen aktuellen Lebensthemen, Beziehungsthemen oder Konflikten erkennen und für sich Rat, Hilfe und Heilung finden. Er kann die Fragen der Anderen auch zum Anlass nehmen, über die eigenen Themen nachzudenken und sich oder seinen Mitmenschen - oder einer höheren Instanz - Fragen zu stellen und so die persönliche Entwicklung und Reife voran zu treiben.

Aufgestiegene Meister, wie zum Beispiel Mutter Maria und Meister Hilarion, Erzengel, wie Raphael und Michael und viele andere Wesenheiten möchten uns helfen, unseren Lebensweg mit mehr Freude, Klarheit und Liebe zu gehen. Was du schon immer von Gott wissen wolltest, hier findest du liebevolle, lebensnahe Antworten.

Kartoniert • 154 Seiten • 12 farbige Abbildungen
ISBN 978-3-940930-22-4

Nachricht für George
Susanne Bayer-Rinkes

George Hudson, ein Mittsechziger, erfährt, dass er nur noch wenige Wochen zu Leben hat. Als er auf einen unbekannten Mann trifft, der ihm ein sonderbares Buch über das Leben nach dem Leben schenkt, kann George damit zunächst wenig anfangen, glaubt er doch weder an die Existenz Gottes, noch an ein Leben danach und schon gar nicht an Engel.

Doch dieser ihm bis dahin völlig fremde Michael fasziniert George auf seltsame Weise, und auch das Buch ist geheimnisvoller als zunächst angenommen. Tauchen Sie ein in eine faszinierende Welt voller Liebe und Zärtlichkeit, Trauer und Tod, Glaube und Hoffnung, und erleben Sie zusammen mit George eine wundersame und geheimnisvolle Begegnung, die nicht ganz alltäglich ist. Oder doch?

176 Seiten • Kartoniert
ISBN 978-3-940930-21-7

Himmlische Kraftkarten
Wunderbare Botschaften und Antworten aus der geistigen Ebene des Universums
Irene Schumacher

Die Himmlischen Kraftkarten sind liebevolle, klare und wunderbare Botschaften und Antworten aus der geistigen Ebene des Universums.

Auf die alltäglichen Fragen und Zweifel geben sie in jeder Situation klare Antworten und Entscheidungshilfen.

Ein umfangreiches Begleitheft zeigt dir verschiedene Möglichkeiten in der Anwendung der Karten auf und gibt weitere praktische Tipps und Lebenshilfen.

Kartenset mit 47 Karten und Begleitheft
ISBN 978-3-940930-23-1

12-Strahlen Meditationen
Mit den aufgestiegenen Meisterinnen und Meistern

Rosemarie Gehring

Dieses Buch enthält zwölf Meditationen der Aufgestiegenen Meister, um die Qualitäten und Aspekte des jeweiligen Farbstrahls in unseren Energiekörpern zu verankern. Die Meditationen sind einfach zu visualisieren und eignen sich gleichermaßen zum Vorlesen als Partnerübung oder zum Nachspüren nach dem selber Lesen. Einführende Atemübungen, helfen die Energien der Strahlenmeditationen, auch für Ungeübte, in den Körpern zu aktivieren und nach kurzer Zeit fühlt man sich frisch und energetisch neu aufgeladen.

64 Seiten • Kartoniert
ISBN 978-3-940930-00-2

Klang der Stille
Ein Weg in den meditativen Innenraum
Heidrun Otting Woll

In den poetischen Texten aus der Zusammenarbeit der psychologischen Beraterin Heidrun Otting Woll und des aufgestiegenen Meisters Serapis Bey kann jeder Mensch sich selbst wiedererkennen und in Liebe akzeptieren. Er erkennt und hinterfragt, durch die berührenden, nachvollziehbaren Gedanken und Schilderungen seinen persönlichen Standpunkt in seinem Streben nach Klarheit, spirituellem Wachstum und Lebensfreude.

128 Seiten • Kartoniert
ISBN 978-3-940930-01-9